にちようびは名《めい》探《たん》偵《てい》

作《さく》／杉《すぎ》山《やま》 亮《あきら》
絵《え》／中《なか》川《がわ》大《だい》輔《すけ》

ミルキー杉山《すぎやま》のすべて

●ミルキー杉山《すぎやま》

この本《ほん》の主人公《しゅじんこう》。

ふたりの子《こ》どもと駅前《えきまえ》の団地《だんち》にすんでいる。

もともとべつの仕事《しごと》をしていたが、あるときみた映画《えいが》にかんげきして探偵《たんてい》になった。

探偵《たんてい》の依頼《いらい》はそれほどおおくないので、バイトもする。

コンコン保育園《ほいくえん》で保父《ほふ》さんとしてはたらいていた時期《じき》もあったが、いまはまた探偵《たんてい》にもどっている。

あかるく、だまされやすく、探偵《たんてい》にはむいていないという人もいる。

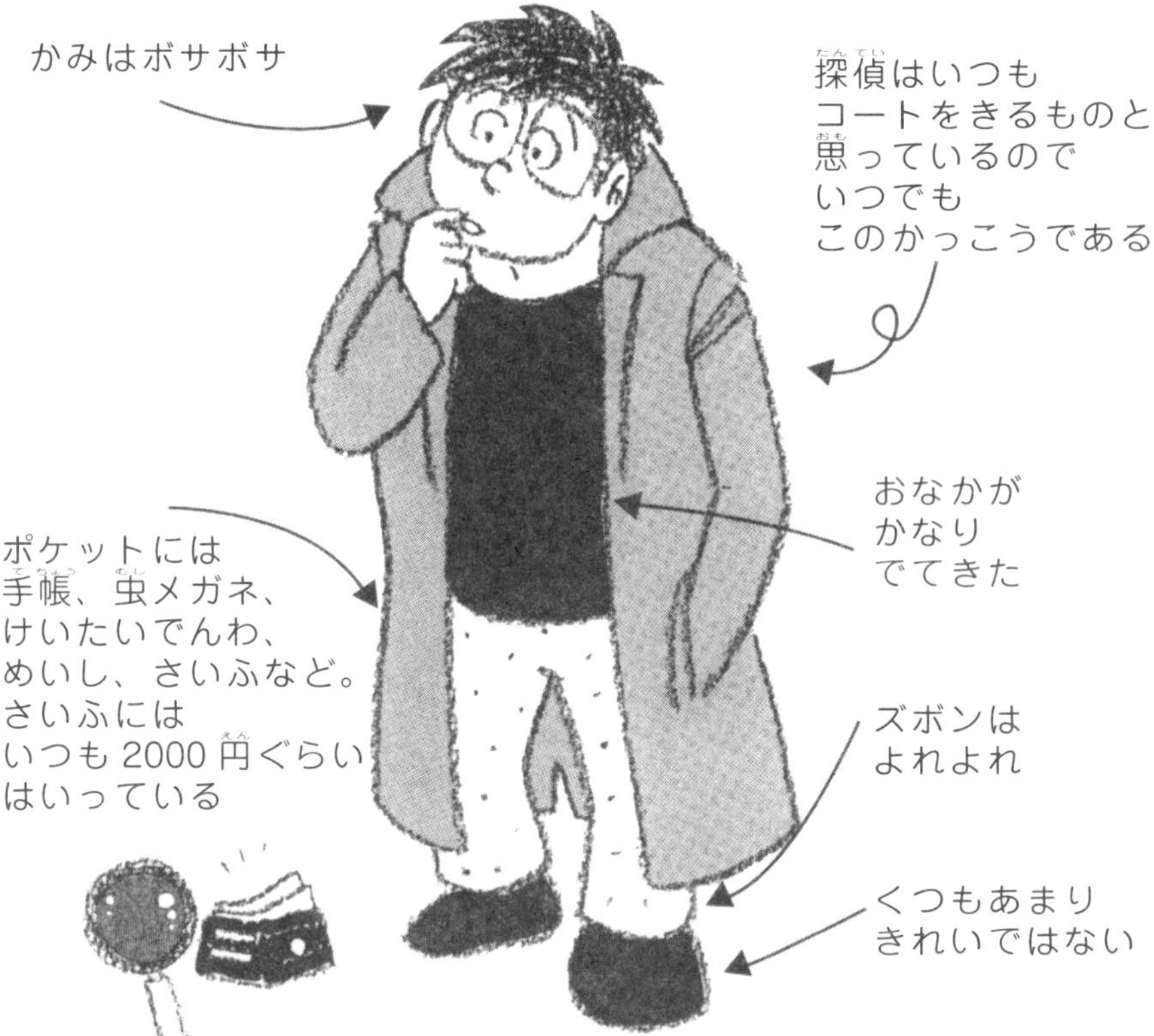
かみはボサボサ
探偵《たんてい》はいつも
コートをきるものと
思《おも》っているので
いつでも
このかっこうである
おなかが
かなり
でてきた
ポケットには
手帳《てちょう》、虫《むし》メガネ、
けいたいでんわ、
めいし、さいふなど。
さいふには
いつも2000円《えん》ぐらい
はいっている
ズボンは
よれよれ
くつもあまり
きれいではない

●ツルまつの

ナイフ投《な》げの名人《めいじん》。ねらったまとにかならずあてる。『いつのまにか名探偵《めいたんてい》』から登場《とうじょう》。

●ともこ

ミルキーのむすめ。名推理《めいすいり》でミルキーをたすける。
頭《あたま》がいいのは母親《ははおや》ゆずり。

●たかし

ミルキーのむすこ。特技《とくぎ》はおにぎりをいっぺんに10こ食《た》べること。

●たつ子《こ》

ミルキーの妻《つま》。ただしいまは、わかれてくらしている。理由《りゆう》は不明《ふめい》。コンコン保育園《ほいくえん》の保母《ほぼ》をしている。ミルキーを名推《めいすい》理《り》でたすけてくれる。

●怪盗《かいとう》ムッシュ

世界的《せかいてき》な大《おお》どろぼう。ミルキーの宿敵《しゅくてき》。名画《めいが》のコレクター。へんそうの名人《めいじん》。
『あしたからは名探偵《めいたんてい》』から登場《とうじょう》。

●石頭《いしあたま》けいぶ

警視庁《けいしちょう》の刑事《けいじ》。こつこつと証拠《しょうこ》をあつめて、じみちに犯人《はんにん》をおいつめる。ミルキーとふたりで事件《じけん》を解決《かいけつ》することも多《おお》い。

●金賀有三《かねがあるぞう》さん

駅《えき》まえのほうせき店《てん》、キンキラ堂《どう》の社長《しゃちょう》。

●光物好代《ひかるものすきよ》さん

高級《こうきゅう》マンション「メゾン・ド・カネモチ」の住人《じゅうにん》。

にちようびは名《めい》探《たん》偵《てい》

もくじ

〈事件その１〉スーパーベンケイキング……… 5

〈事件その２〉きのぼりキノコ事件《じけん》………… 53

〈事件その３〉ツタンカーメンのよだれ…101

〈この本《ほん》のたのしみかた〉


この本《ほん》には３つの事件《じけん》がはいっています。

そして、それぞれが「事件編《じけんへん》」と「解答編《かいとうへん》」にわかれています。

「事件編《じけんへん》」には、事件《じけん》を解《と》く〈カギ〉がかくされています。探偵《たんてい》ミルキー杉山《すぎやま》が、いろいろな人にきいている話《はなし》や手《て》がかりを、読者《どくしゃ》のみなさんひとりひとりが、ちゅういぶかくよんで、じっくり考《かんが》えてください。絵《え》にもヒントがあります。

「解答編《かいとうへん》」をみるのは、それからです。

〈事件《じけん》その1〉

スーパーベンケイキング

夕方《ゆうがた》、
保育園《ほいくえん》に　たかしを
むかえにいった　かえり、
しりあいの
よこてさんと、
ばったり　あった。
よこてさんは
大学《だいがく》の　先生《せんせい》だ。
「あ、きょうじゅ。
こんにちは。」

「よう、
ミルキーくん。
ひさしぶり。
ちょっと
うちに　こないかね、
みせたいものが
あるんだ。」

きょうじゅの家《いえ》の
げんかんで
げんきのいい
男《おとこ》の子《こ》と　あった。
「おじいちゃん、おかえりなさい。」
「おや、まごの
いえやすが　いる。
近所《きんじょ》に　すむ
むすめが
まごを　つれて

きているらしい。」
「あそびに
いってきまーす。」
いえやすくんは、
むかえにきた
ともだちと
いっしょに、
はしって
いってしまった。

「さあ、あがって。」
「おじゃまします。」
おれたちが　はいると、
なかでは
おくさんと　むすめさんが、
なにやら
くちげんかをしていた。
「だから、お金《かね》を　かしてよ。
あたらしい車《くるま》を　買《か》わなきゃ
ならないんだから。」

「うちに　そんな　お金《かね》は
ありませんよ。」
「うそばっかり。
あの　木《き》ぼりの
べんけいの　人形《にんぎょう》
たかいんですって？
あれを　売《う》りましょうよ。」
そこで　おれたちに　きづいた
ふたりは、きまりわるそうに
だまってしまった。

きょうじゅだけが　ごきげんで、
おれたちを　じぶんのへやに　案内《あんない》した。
たないっぱいに、じまんの
コレクションが　かざってあった。

弥次喜多の草履
義経の高下駄
玉手箱
源頼朝五歳
源頼朝二十歳
御用

きょうじゅは
つくえに　おいてあった
木《き》のはこを　とりあげた。
「きのう、こっとうやで
買《か》った　木《き》ぼりの
べんけいの　人形《にんぎょう》を
みてもらいたくてね。」
たかしが　きいた。
「おじさん。べんけいって　だれ？」
「べんけいを　しらないかい？

むかしばなしの
スーパースターだ。
せなかに　武器《ぶき》を
七《なな》つ　しょって、
とても　つよいんだ。
牛若丸《うしわかまる》に　まけて
けらいに　なるんだけどな。」
「あ、その歌《うた》、しってる！」
きょうじゅと　たかしは
いっしょに　歌《うた》を　うたいはじめた。

ところが……。
「ないっ！」
なんと、
はこを　あけたら、
なかは
からっぽだった！
「あー、
ぬすまれたー。」
「え、それ、
たかいんですか？」

「五百《ひゃく》万《まん》円《えん》だ。」
それは　たいへんだ。

きょうじゅは
居間《いま》に　とびこんで、
むすめに　どなった。
「こら！
わしの　べんけいを
とっただろう！
さっき『売《う》って
金《かね》に　かえろ』とか
いっていたぞ！」
「え？　それは　いったけど、

でも、おとうさんのものを
とるわけ　ないでしょ！」
「だが、わしの　るすの
あいだに　わしのへやに
はいったろう？」
「はいったわよ。
べんけいの　人形《にんぎょう》も
みせてもらったわ。
でも、かってに　とったりしないわ！」
「うーん。」

おれは　いった。
「おちついて　かんがえましょう。
きょうじゅが　べんけいの
人形《にんぎょう》を　買《か》ったことを
しっている人《ひと》は　いませんか？」
「あ、そうか。おおだてだ！
きのう、こっとうやで　わしが
ひと足《あし》さきに　買《か》ったんだが、
それを　くやしがって
『ゆずってくれ』と

うるさく　いってきた。
おかげで、けんかに　なったんだ。
あいつが　とったに　ちがいない！」
「どういう人《ひと》ですか？」
「木《き》ぼりの人形《にんぎょう》の　コレクターだ。
気《き》にいったのを　みつけると、
たかくても、すぐに　買《か》ってしまう
こまったやつだ。」
うーん、じぶんだって
そうだと　おもうが……。

きょうじゅは
カンカンに　なって
つづけた。
「よし、いまから
あいつの　ところに
いくぞ。
ミルキーくん。
きみは　探偵《たんてい》なんだろ？
いっしょに　いって、
べんけいを

とりかえしてくれ。
そしたら
お礼《れい》は　するよ。」
うーん、
お礼《れい》を　もらえるなら、
これは　探偵《たんてい》の仕事《しごと》だ。
よし、
がんばると　するか。
でも、おおだてさんの
ところに　いくまえに……。

おれは
きょうじゅの
へやの　窓《まど》を
しらべてみた。
かぎは　かかっていなかった。
窓《まど》のまえは　和風《わふう》の庭《にわ》で、
こけが　はえている。
人《ひと》の足《あし》あとは　ない。
「庭《にわ》からは　だれも　はいって
いない　ようですね。」

おれは　あらためて、
へやのなかを
みまわした。
すると、たかしが
「おとうさん。
これ、なんだろう？」
と、たなの　白《しろ》いきれを　ゆびさした。
「きょうじゅ、これは　なんですか？」
「あ、それは　べんけいが
かぶっていた　ずきんだ。」

「それが　なんで　ここに?」
「犯人《はんにん》が　にげるときに
おとしたんだろう。
いそいでいて、
うっかりしたんだ。」
そうかなあ、
おとしていったと
いうより、
わざと　おいていった
ように　みえるが……。

「でも、
これが　ないと、
べんけいを
どこかに
売《う》るときに
ねだんが
さがりますよね？」
「そりゃ　そうだな。
部品《ぶひん》が　たりなかったら、

わしも　買《か》わん。
うんと　安《やす》くなるな。」
おや、どうやら、
この　どろぼうは
たいへんな　失敗《しっぱい》を
したらしいぞ。
よし、つぎは
おおだてさんの　家《いえ》に
いくことにしよう。

そのときだ。
げんかんの　チャイムが　なった。
「こんにちは。おおだてです……。」
「えっ。」
みんなで　げんかんに　でてみると、
ふとった男《おとこ》が　立《た》っていた。
きょうじゅが
うたがいぶかそうに
いった。
「なにしに　きたんだね？」

「いや、きのうは
いいすぎて　すみません。
なんとか、べんけいの人形《にんぎょう》を
ゆずって　もらえないでしょうか。
六百万円《ぴゃくまんえん》、よういしてきました。」
え、ということは、
おおだてさんは　事件《じけん》のことを
しらないのか？
とにかく、居間《いま》で　話《はなし》を
きかせてもらう　ことにした。

そこに　まごの　いえやすくんの
「ただいまー」と　いう
声《こえ》がした。
むすめさんが
声《こえ》をかけた。
「おかえり、いえやす。
あんた、外《そと》に　いくときは
ぼうしを
かぶって　いかなきゃ
だめでしょ！」

「だって、
きょうは
くもってるもん。
ぼうし、いらないから
おいてったんだよー。
ともだちを
つれて　きたから、
こんどは　うちで　あそぶよー。」
子《こ》どもたちは　どやどやと
二階《にかい》のへやに　いった。

え、ほんと
二階《にかい》にいって
いっしょにあそんで
もらいなさい

「あっ、そうか。」
そのとき、おれは　ひらめいた。
「なんだね、ミルキーくん。
犯人《はんにん》が　わかったかね？」
「いえ、そこまでは……でも、
いまの　いえやすくんの　ことばで、
だいじなことを　みおとしていたことに
気《き》がつきました。」
さあ、きみは　事件《じけん》のなぞが　とけたかかな？
おれは　もうすこしだ。

「スーパーベンケイキング」事件《じけん》

〈解答《かいとう》へん〉

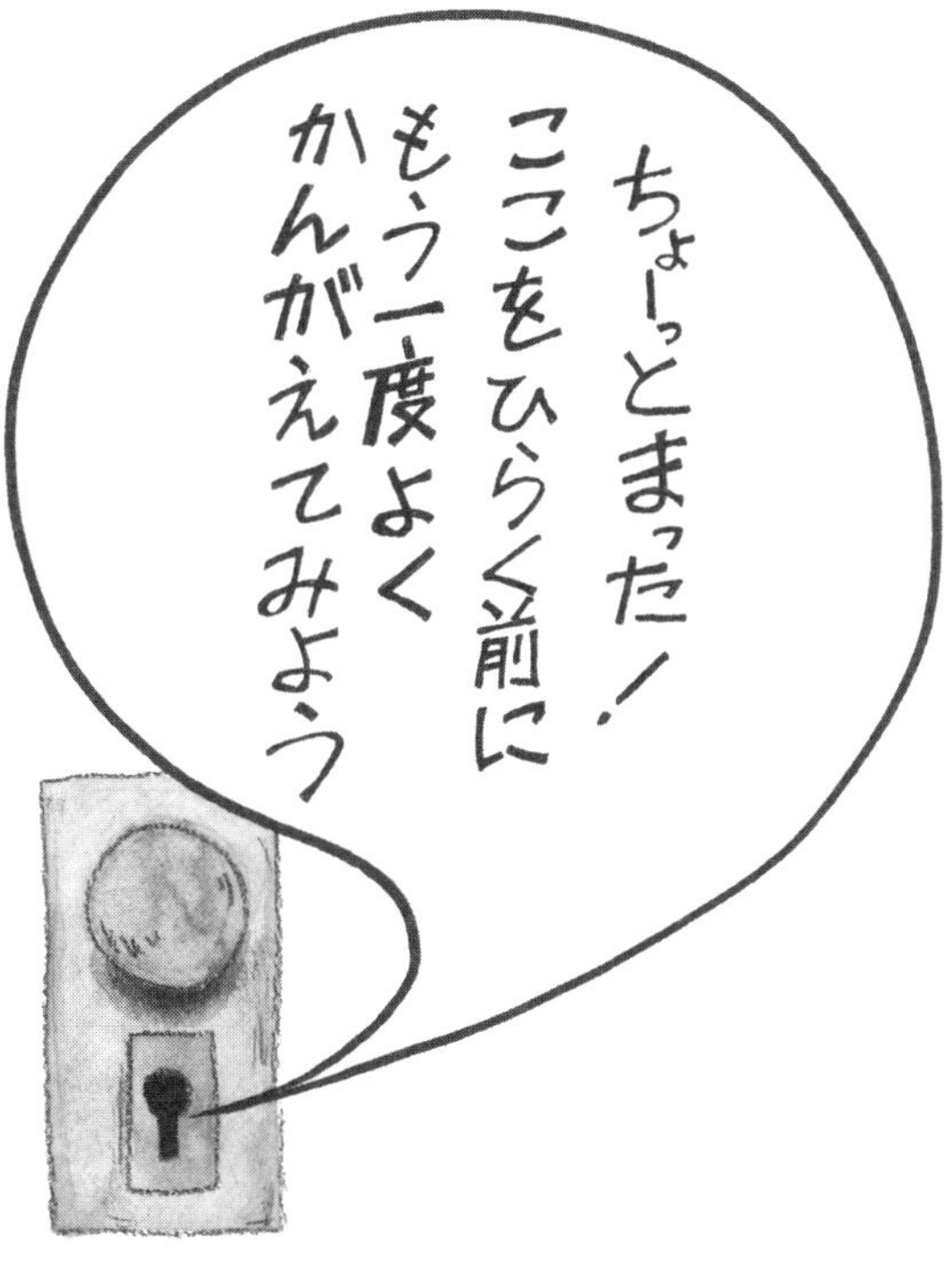

きょうじゅが　いった。
「よし、ミルキーくん。
ここまで　わかっていることを
はなして　くれたまえ。
そこから　さきは　みんなで
かんがえようじゃないか。

まず、
おおだてさんは
犯人《はんにん》じゃないのかね？」
おおだてさんが
ムッとした　顔《かお》をした。

「ええ、ちがいます。
だって、おおだてさんは
この家《いえ》に
はいれません。
なかには
人《ひと》がいたし、
庭《にわ》のこけに
足《あし》あとを　つけずに
きょうじゅの　へやには
はいれません。」

「ロープかなにかを　つたわって
こられないかね？」
「それは、
おおだてさんの　体重《たいじゅう》では
むずかしいでしょう。」
おおだてさんが
ほっとした　顔《かお》をした。
「うーん、では、犯人《はんにん》は
うちの　むすめなのかね？」
こんどは　むすめさんが　口《くち》をとがらせた。

「もちろん、ちがいます。
むすめさんなら　いつでも
このへやに　はいれたのですから、
いそいで　とる　ひつようは　ありません。
それに、お金《かね》に　かえたいなら、
なおさら、べんけいの　ずきんを
おとすはずが　ありません。
部品《ぶひん》が　たりなかったら　ねだんが
さがっちゃうんですから。」
「それじゃあ、犯人《はんにん》が

いなくなっちゃう　じゃないか？」
「いえ、犯人《はんにん》は　います。
ただ、もっと　すなおに
かんがえれば　いいんです。
あの　おきかたからして、
犯人《はんにん》は　ずきんを　わざと
おいていったと　おもうんです。」
「わざと　おいていった？
なぜ、そんな　ことを
する　ひつようがある？」

「さっき、
いえやすくんの
ことばで
気《き》がつきました。
ひつようないから
おいていったんです。」
「ええ？
ひつようないって、
どういうことだ？」
「ですから、

その理由《りゆう》が　わかれば　だれが　犯人《はんにん》かも　わかるんですが……。」

そのときだ。

たかしが　子《こ》どもたちの　へやから、もどってきて　しんぱいそうな顔《かお》で　いった。

「ねえ、おとうさん。　こっちにきて。」

「ん、どうしたんだい。」

おれが　立《た》ちあがると、
みんなも
なにか　感《かん》じたのか、
ぞろぞろ　ついてきた。
二《に》階《かい》の　へやでは、
男《おとこ》の子《こ》たちが　手《て》に手《て》に
ロボットの　おもちゃを
もって　あそんでいた。
だれかが　いった。
「合体《がったい》ロボ

ダイヤキングだ。
レッドビームを　くらえ！」
すると
もうひとりの子《こ》が　いった。
「ぼくのは
アストロドラゴンライダーだ。
こうさんしろ、
スーパーベンケイキング！」
え、べんけいだって？

すると、いえやすくんが
いいかえした。
「まけるもんか
スーパーベンケイキングだ。
七《なな》つの力《ちから》で　たたかうぞ！」

いえやすくんの　手《て》には、
頭《あたま》に　はでなヘルメットを
かぶった　べんけいの
人形《にんぎょう》が　あった。
おとなたちは　いっせいに
ひっくりかえった。

いえやすくんは　ともだちと　ロボットで　あそぶ
やくそくを　したものの、きょうじゅの家《いえ》には
ロボットの　おもちゃが　なかった。
そこで　たまたま　きょうじゅのへやで
みつけた、武器《ぶき》を　たくさん　もった
人形《にんぎょう》を　もちだしたのだ。

もちろん、それが、五百万円《ひゃくまんえん》もするとは　しらない。
ずきんは　かっこわるいので　はずして、かわりに
はでなヘルメットを　じぶんで　つくったのだ。
べんけいの人形《にんぎょう》は　きょうじゅの手《て》に　もどり、
いえやすくんは　大目玉《おおめだま》を　くらった。

けっきょく、これは
事件《じけん》では　なく
子《こ》どものいたずらだった。
だから、
お礼《れい》は　もらえない。
きょうじゅが「お金《かね》を
はらう」と　いうのを、
おれは　ことわった。
ここが、かっこいい
探偵《たんてい》の　つらいところだ。

すると　きょうじゅは
「せめて
これだけでも」と
いって、たかしに
おこづかいを　くれた。
うーん、これくらいは
もらっておこうか。
かえりに
おもちゃ屋《や》に　よった。
たかしは　おおよろこびだ。

わーい、
メタリック戦士《せんし》
ボーボージャーだ！
メタリック戦士
ボーボージャー

○月×日　くもり

やった！商店街《しょうてんがい》の福引《ふくび》きで
一等賞《いっとうしょう》をだした。三等《さんとう》がテレビで
二等《にとう》がハワイ旅行《りょこう》なので
なにかと思《おも》ったら火星旅行《かせいりょこう》に
ご招待《しょうたい》だという。ええー？
ただし、ロケットがまいにち
飛《と》ぶようになってからだそうだ。
うーん、いついかれるんだ？
まわりの人《ひと》もみんな一等賞《いっとうしょう》を
だして、首《くび》をひねっていた。

〈事件《じけん》その2〉

きのぼりキノコ事件《じけん》

日曜日《にちようび》の午後《ごご》、
探偵《たんてい》なかまの　ツルまつのと
うちの　ちかくを　あるいていたら
よこの家《いえ》の　庭《にわ》から
大声《おおごえ》が　きこえた。
「たいへんだ！
おばあさん、うごかないで。
いま、たすけますから！」
ん？　なんだ　なんだ？
庭《にわ》を　のぞくと、あれ、

そこに　いるのは……。
「*みたかさんじゃ　ないですか？」
「あ、ミルキーくん！
いいとこに　きた！
このうちの　ばあさんが
たいへんなことに　なってるんだ。
ちょっと　はいってくれ！」
はて、なんだろう？

＊『そんなわけで名探偵《めいたんてい》』より「だんろのつりばり事件《じけん》」
『せかいいちの名探偵《めいたんてい》』より「タイとしんじゅ事件《じけん》」参照《さんしょう》

庭《にわ》に　はいってみると、
なんと　びっくり。
大《おお》きなカキの木《き》に、
おばあさんが
パジャマで　さかさまに
ぶらさがっていた！
足《あし》が　はさまって　ぬけなくて、
ひっしに　もがいている！

なんで　こんなことになったか　しらないが、
とにかく　たすけなきゃ。
だが、枝《えだ》が　ほそくて、おれたちが
のぼったら　おれてしまいそうだ。
どうしよう？
すると、ツルまつのが　いった。
「おれに　まかせろ。
みんな、シーツを　もって
木《き》の下《した》に　立《た》ってくれ。」
え、まさか　ナイフ投《な》げか？

でも、ほかに　方法《ほうほう》もない。
おれたちは　シーツを　もって
木《き》の下《した》に　いった。
すると　びっくり。
なんと、下《した》に　クリのイガが
たくさん　おちている。
おおいそぎで
それを　かたづけた。

いたた
ふんづけたぞ

ヤーッ！
ツルまつのの
とくいわざ、
百発百中《ひゃっぱつひゃくちゅう》の　ナイフ投《な》げだ。
ザッザッザッ！
ナイフは　おばあさんが
ぶらさがっている
枝《えだ》の　つけねに
なん本《ぼん》も　ささり、
やがて　さいごの一撃《いちげき》で……。

バキ
スルッ…

バリーン。
木《き》が　おれて、
おばあさんは
シーツの　まんなかに　おちた。
大成功《だいせいこう》だ。
だが、おばあさんは
おちたショックで　気《き》を
うしなってしまった。
すぐに　救急車《きゅうきゅうしゃ》を
よんだ。

おい、だいじょうぶか
あれて。おばあさんしっかりして!

おばあさんが
救急車《きゅうきゅうしゃ》で　はこばれたあと、
おれは　あらためて
みたかさんに　きいた。
「どうして　こんなことに
なっちゃったんですか？」
「うん。わしは
ここの　ばあさんとは
むかしからの　しりあいでな。
昼《ひる》すぎに、

ばあさんから
『家《いえ》で　キノコなべを
するから
食《た》べに　おいで。』
と　電《でん》話《わ》が
かかってきた。
だから、きたんじゃよ。」

「ところが、きたら　すぐに、ばあさんは
『きぶんが　わるい』と　いいだして
食《た》べずに　二階《にかい》に　いっちゃったんだ。
で、しかたないから、
それから　一時間《じかん》くらい、
のこった　三人《にん》で　下《した》のへやで
キノコなべを　食《た》べていたんだ。
ところが　庭《にわ》で
ガサゴソ　音《おと》がしたので
みんなで　でてみたら、

なんと　ばあさんが
木《き》に　のぼっていたんだ。
おもわず
『あぶない！』と　さけんだら、
ばあさんも　びっくりしたんだろう、
手《て》を　はなして　さかさづりに
なっちゃったんだ。
なんで　木《き》に
のぼったのか　なんて、
けんとうも　つかないよ。」

それから、みたかさんは
よこにいた　ふたりに、おれたちのことを
「ゆうしゅうな　探偵《たんてい》だ」と
紹介《しょうかい》して　くれた。
男《おとこ》のほうが　自己紹介《じこしょうかい》した。
「八王子《はちおうじ》と　いいます。大学《だいがく》で
キノコの研究《けんきゅう》を　しています。
きのう、山《やま》で　キノコを
たくさん　とったので、
もって　きたんです。」

おかねを
かりたいんです
うん、
ここのばあさんは
ひとり暮《ぐ》らしの
大金《おおがね》もちでな、大勢《おおぜい》の人《ひと》に
お金《かね》をかしてるそうだ

「おばあさんとは
したしいんですか？」
「いいえ。ただ、
研究《けんきゅう》のために
お金《かね》を　貸《か》して　もらっています。
また　おねがいする　つもりで
キノコを　もってきました。
おばあさんが　すぐに
二階《にかい》に　いっちゃったので、
けっきょく　たのめませんでしたが……。」

こんどは　わかい　むすめが
口《くち》を　ひらいた。
「あたしは　マリって　いうの。
おばあさんの　まごで　女子大生《じょしだいせい》よ。
おとといから
泊《と》まりに　きてたの。
午後《ごご》に　キノコなべを　するって
おばあさんが　いうから、
いっしょに　食《た》べただけよ。
こんや、アパートに　かえります。」

「なにか　用事《ようじ》が　あって
きたんですか？」
「うーん。
八王子《はちおうじ》さんが　いったから
しょうじきに　いうけど、
あたしも　お金《かね》を　かりたかったの。
ともだちと　ヨーロッパに
あそびに　いきたいのよ。」
みたかさんも　八王子《はちおうじ》さんも　マリさんも、
いままで　たがいに　あったことは　ないという。

すると、それまで　だまっていた
ツルまつのが　さけんだ。
「なぞは　とけた！　キノコだ！」
え、どういう　ことだ？
ツルまつのが
スマホを　だした。
「ほら、検索《けんさく》したら　すぐ　でてきた。
ノボリタケという
毒《どく》キノコが　あるんだ。
食《た》べると　だれでも　たかいところに

のぼりたくなるという
ふしぎな　キノコだ。
おばあさんは　それを
食《た》べたのに　ちがいない。
どうだい、山《やま》で　とったなかに
この　キノコは　なかったかい？」
だが、八王子《はちおうじ》さんは
首《くび》を　はげしく　よこにふった。
「ぼくが　毒《どく》キノコを　もってくる
はずが　ないじゃないですか！」

みたかさんも
あわてて　つけたした。
「それは　ちがうよ。
だって　ばあさんは
キノコ料理《りょうり》を
食《た》べてないもの。
キノコなべが
まだ　できない　うちに
『きぶんが　わるいわ』っていって、
二階《にかい》の　寝室《しんしつ》に

いっちゃったんだから。
キノコを　食《た》べたのは
この　三人《にん》だけだよ。」
そうか。
それに　もし、
そんな　へんな　キノコを
食《た》べた　せいだ　としたら、
おばあさんだけじゃなくて
全員《ぜんいん》が
木《き》に　のぼっているはずだ。

おれは　いった。
「でも、おばあさんは
どうして　木《き》に
のぼれたんでしょう？
庭《にわ》に　でるには
一階《いっかい》に　おりなければ
ならないし、
そうしたら　みなさんに
気《き》づかれたはず
ですよね？」

マリさんが　こたえた。
「いいえ、じつは
二階《にかい》の　ベランダから、
ちょくせつ、
木《き》に　うつれます。」
「え、そうなんですか？」
そこで
おれたちは
二階《にかい》の　寝室《しんしつ》を
みせてもらう　ことにした。

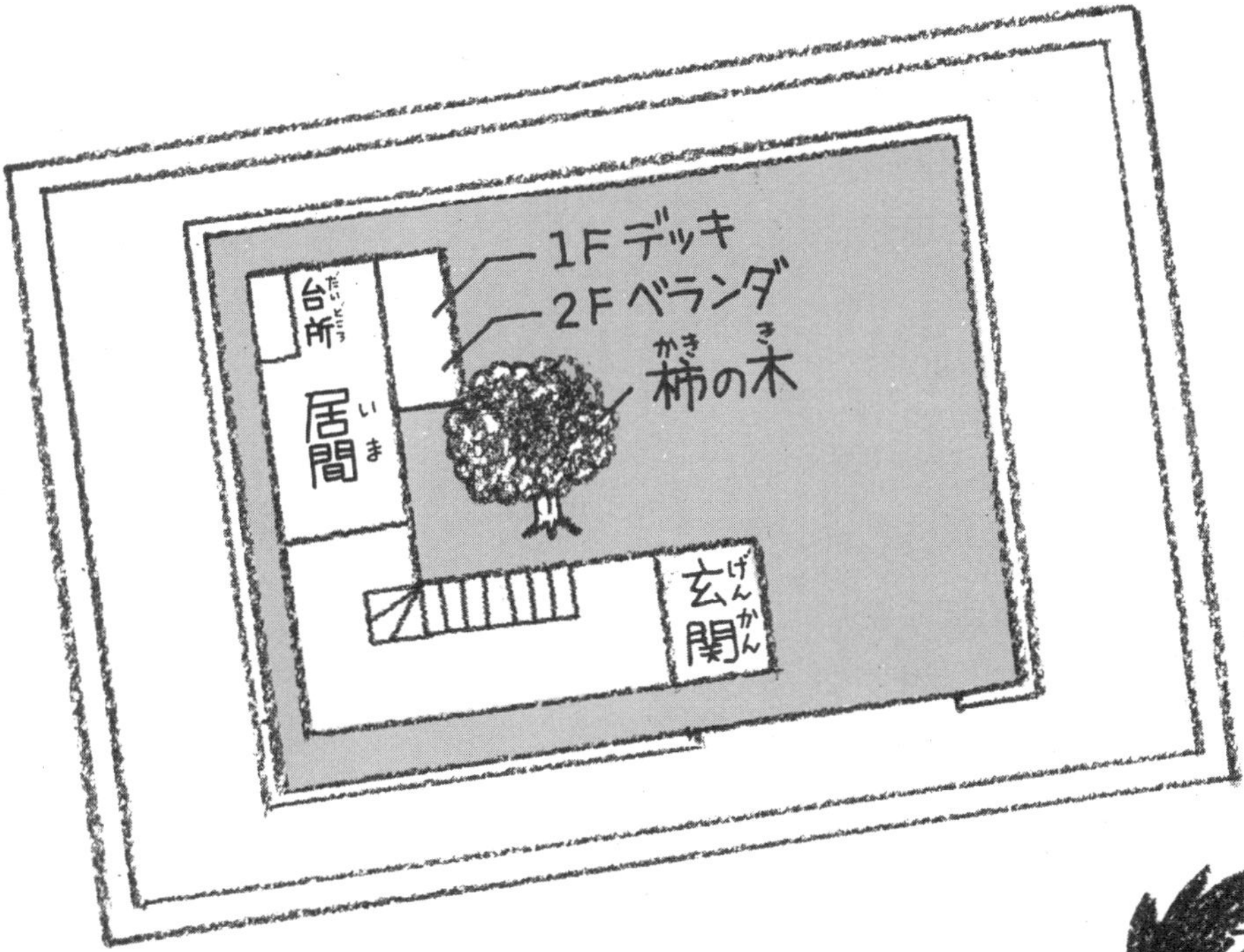
1Fデッキ
2Fベランダ
柿《かき》の木《き》
台所《だいどころ》
居間《いま》
玄関《げんかん》

二階《にかい》の　寝室《しんしつ》は
がらんと　していた。
寝室《しんしつ》から　ベランダに
でられるように　なっていて、
そのさきに　カキの木《き》が　あった。
あとは　ベッドと
小《ちい》さな　テーブルと　いすだけ。
だが、なんと、
そのテーブルの上《うえ》には
キノコじるの皿《さら》が　おかれていた。

おれが　おどろくと、
ツルまつのも
いきおいこんで　いった。
「だれかが　ここに
キノコじるを
もってきたんだ！」
「それに　ゆのみが　ふたつある。
もってきた　やつは
ここで　すこし
はなしこんだようだ。」

おれたちは　三人《にん》に　たずねた。
「おばあさんが　寝室《しんしつ》に　あがってから、
このへやに　きた人《ひと》は？」
三人《にん》とも「きていない」と　いった。
ツルまつのが　こわい顔《かお》で　つぶやいた。
「でも、この皿《さら》が　ある以上《いじょう》、
だれかが　うそをついている　ことになる。
もし、毒《どく》キノコのつもりで
食《た》べさせようとしたのなら
犯罪《はんざい》だぞ。」

おれが　きいた。
「じゃあ、このへやに　くる
チャンスが　あった人《ひと》は？」
すると、三人《にん》とも
一階《いっかい》のへやを　でて、
トイレにいったりしたことは　ある
といった。
つまり、こっそり　くる気《き》に　なれば
だれでも　二階《かい》に　こられたということだ。
うーん。

おれは　もうひとつ　質問《しつもん》した。

「おばあさんが　大金《おおがね》もちなら　金庫《きんこ》が　あるんじゃないですか？　それは　どこに　あるんですか？」

マリさんが　首《くび》を　ひねった。

「あら、そういえば　ふしぎだわ。このうちには　金庫《きんこ》なんて　ないわ。お金《かね》は　どこに　あるのかしら？」

そうか。おれには　おばあさんが　木《き》にのぼった　わけが　わかったぞ。さて、きみには　わかったかな？

「きのぼりキノコ」事件《じけん》
〈解答《かいとう》へん〉

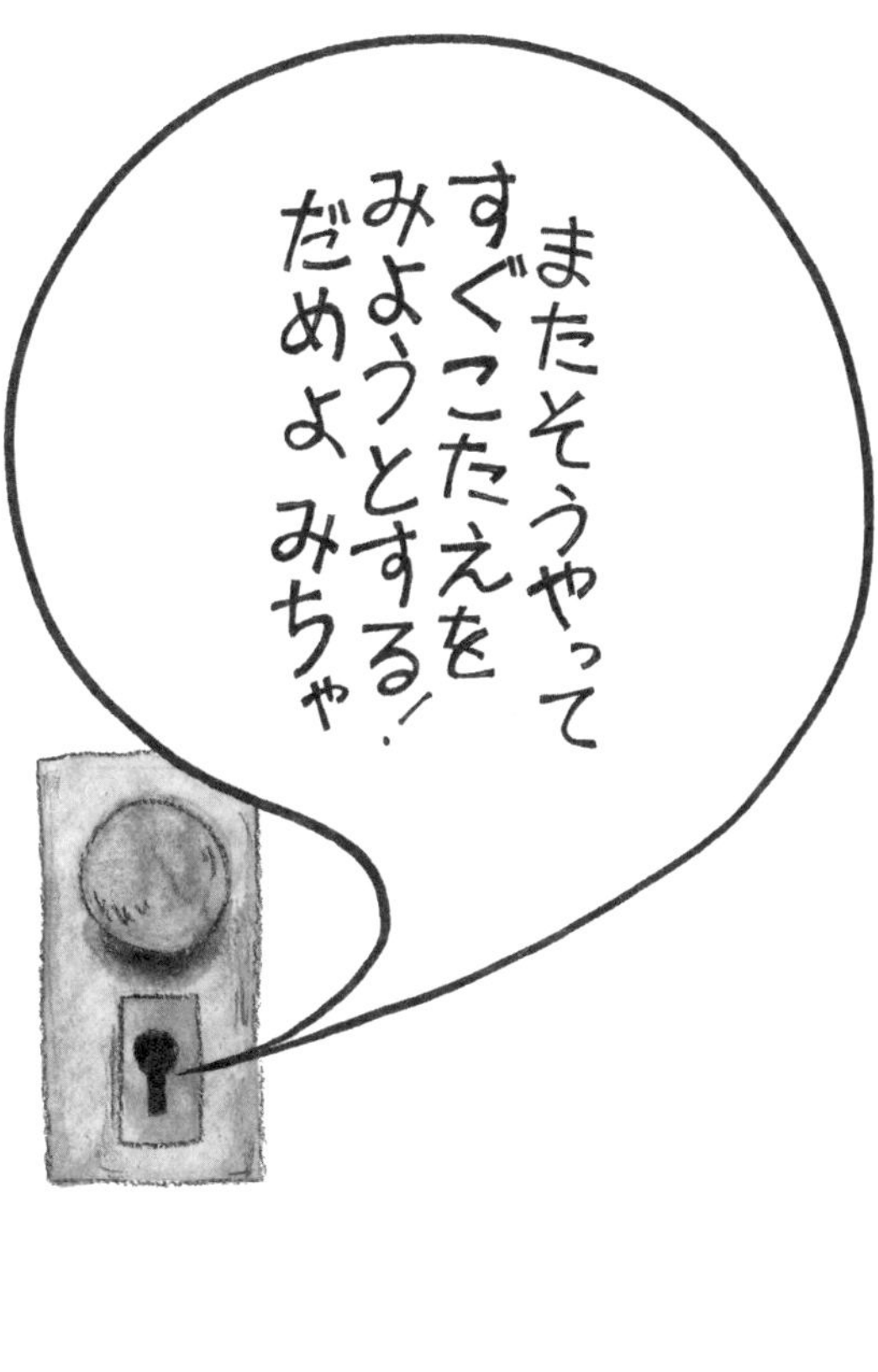
またそうやって
すぐこたえを
みようとする!
だめよ みちゃ

おれは　うちに　電話《でんわ》をして
ともこに　くるように　いった。
しばらくして、ともこが
たかしを　つれて　やってきた。
「ともこ。
その木《き》に　のぼってみてくれ。」
「うん。いいよ。」
「ぼくも　のぼる。」
たかしも　のぼりはじめた。

まかせといて
ぼくものぼる

ふたりは　だいぶ　たかく　のぼった。
「よし、　そのあたりの枝《えだ》に、
なにか　ないか
さがしてみてくれ。」
「うん、　あっ、　あったよ！」
ともこが　大《おお》きな
さいふを　とりあげた。
おもった　とおりだ。
木《き》に　大《おお》きなうろが　あって、
そこに　さいふが　かくしてあった。

つまり、
ここが
おばあさんの　金庫《きんこ》だったのだ。

そこに、おばあさんが
タクシーで　もどってきた。
病院《びょういん》まで　いったが
べつに　わるいところは
ないと　かえされたのだ。
おれは　たずねた。
「おばあさん。みんなが
『あぶないから　おりろー』って
さけんだとき、どうして　すぐに
おりて　くれなかったんですか？」

「だって　そうしたら、みんな、
なんで　あたしが
木《き》に　のぼってたんだろ？
って　かんがえて、木《き》の上《うえ》を
金庫《きんこ》がわりにしてることが
ばれちゃうからね。
それは　まずいから
どうしようか　かんがえているうちに
枝《えだ》に　はさまって　うごけなく
なっちゃったのよ。」

というわけで　話《はなし》は　おわりだ。
おばあさんは　お金《かね》を　とりに
ベランダから　木《き》に
のぼっただけだった。
そこを　下《した》の三人《にん》に　みつかって
こまっているうちに
ツルまつのに　おとされてしまった
というわけだ。
最初《さいしょ》に　木《き》の下《した》に　クリのイガが
たくさん　おちていた　ことに

気《き》づいていればなあ。
カキの木《き》の　下《した》に
クリのイガが
おちている　わけはないし、
あれは　どろぼうよけに
まいてあったんだ。
おれたちは　八王子《はちおうじ》さんから、
のこりの
おいしそうなキノコを
たくさん　いただいた。

こうして　事件《じけん》は
解決《かいけつ》した。
だが、
じつは　のこっている
なぞがある。
二階《にかい》に　キノコじるを
もっていったのは
だれ　なのだろう？

それから　しばらくして、
おれは　たつ子《こ》と　食事《しょくじ》をした。
わけあって
わかれて　くらしているが、
たつ子《こ》は　おれの妻《つま》だ。
はっきり　いって、
おれより　頭《あたま》がいい。
おれは　この話《はなし》を
たつ子《こ》に
きいてもらった。

たつ子《こ》は　あっさり　いった。
「ああ、それは　きっと、マリさんよ。
その日《ひ》のうちに　お金《かね》をかりて
かえりたいのに、
おばあさんが　二階《にかい》に
やすみに　いっちゃったから、
こまって　ねだりに　いったのよ。」
「どうして　わかるの？
八王子《はちおうじ》さんだって　お金《かね》をかりたいんだよ。」
「そうね。これは　男《おとこ》の人《ひと》には

ちょっと　わからないかも　しれないわね。
もし、きたのが　八王子《はちおうじ》さんなら
おばあさんが　パジャマのまま、
寝室《しんしつ》にいれて
いっしょに　お茶《ちゃ》する　はずないわ。
かならず　きがえて　じぶんが
下《した》のへやに　おりていく　はずよ。
まごむすめの　マリさんだからこそ、
へやに　いれたのよ。」
「あ、そうか！」

「それでね、おばあさんは
お金《かね》を　かしてあげようって
おもったけど、金庫《きんこ》の場所《ばしょ》は
しられたくないでしょ？
だから『あとでわたす』と　いって、
マリさんが　一階《いっかい》に　おりてから、
こっそり　木《き》に　のぼったの。
そこを　運《うん》わるく
みつかっちゃったのね。」
なるほど、マリさんが

『わたしが　二階《にかい》に
いきました』って　ちゃんと
いってくれれば　よかったのに。
もし　そんなことを　いって
『毒《どく》キノコをいれた』って
うたがわれたら
こまると　おもって、
うそを　ついたんだな。
うーん、いつもながら
たつ子《こ》の　推理《すいり》は　すばらしい。

○月×日　はれ

ミスラビットから荷物《にもつ》が届《とど》いた
のであけてみたら子《こ》ウサギが
はいっているので，びっくり。
「ペットのウサギに子《こ》どもが
生《う》まれたのであげるね」だって。
「ふざけるな。なんでどろぼうの
ウサギの世わをしなきゃなら
ないんだ！」でも，かわいいので
子《こ》どもたちは大喜《おおよろこ》び。けっきょく
めんどう見《み》ることになった。
くそー，なさけないぞ。

〈事件《じけん》その3〉

ツタンカーメンのよだれ

駅《えき》まえの　ほうせき店《てん》、キンキラ堂《どう》の
社長《しゃちょう》の　金《かね》賀《が》有《ある》三《ぞう》さんから
パーティに　まねかれた。
＊以前《いぜん》も　よばれたことがある。
また　あたらしい宝石《ほうせき》の
おひろめを　するらしい。
せっかくだから、
ともこと　たかしも
つれていくことにした。

＊『いつのまにか名探偵《めいたんてい》』より「夜空《よぞら》をあおいで」参照《さんしょう》

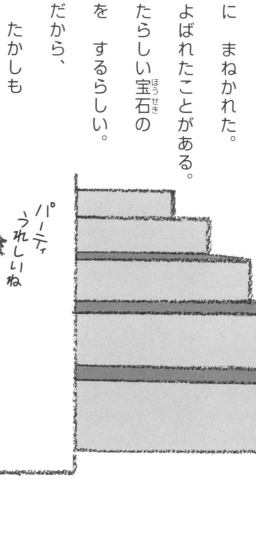

杉山
307
ごちそう
でるかなあ

金賀《かねが》さんの家《いえ》に
いくとちゅう、
まえを　あるいている　おじいさんが
なにか　おとしたのが　みえた。
おれは　すぐに　声《こえ》をかけた。
「おじいさん、おとしものですよ。」
「あ、これは　ごしんせつに。
ありがとう。」
おじいさんが　あわてて
ひろったのは　きれいな首《くび》かざりだ。

スリに注意!
オールドフィンガー
懸賞金
200万円

へえー　どうして　おじいさんが　首《くび》かざりを？
だれかに　プレゼント　するのかな？

金《かね》賀《が》さんの家《いえ》は
マンション「メゾン・ド・
カネモチ」の二階《にかい》だ。
パーティだから、
いろいろな人《ひと》が　きている。
まずは
このマンションの
一階《いっかい》に　すんでいる
*光《ひかる》物《もの》好《すき》代《よ》さん。

宝石《ほうせき》を　あつめるのが
だいすきな人《ひと》だ。
それから　この　ま上《うえ》に
ひっこしてきた
プロレスラーの
ミスター・ハリケーンさん。
そのほか、この
マンションの人《ひと》は　全員《ぜんいん》
よばれていた。

＊『いつのまにか名探偵《めいたんてい》』より
「夜空《よぞら》をあおいで」参照《さんしょう》

ミスター・ハリケーンさんファンです
みてちょうだいな 最近《さいきん》、指輪《ゆびわ》にこってるのよ

石頭《いしあたま》けいぶもいた。
「けいぶも
招待《しょうたい》されたんですか？」
「そうじゃない。スリの
*オールドフィンガーが　また、
このあたりで　仕事《しごと》をしているんだ。
ここの　二階《にかい》の　窓《まど》からは
おもての通《とお》りが　よく　みえる。
金賀《かねが》さんに　おねがいして、
この数日《すうじつ》、ここから　道路《どうろ》を

みはらせて　もらってるんだ。」
「それは　ごくろうさまです。」
オールドフィンガーは
人《ひと》が　身《み》につけているものを
いっしゅんで　とってしまう
超一流《ちょういちりゅう》の　スリだ。
だが、だれも　その顔《かお》を　しらない。
まえにも、もうすこしのところで
にげられたことがある。

＊『しあわせなら名探偵《めいたんてい》』より「オールドフィンガー登場《とうじょう》」参照《さんしょう》

そろそろ
パーティが
おわるころ、
金《かね》賀《が》さんが　いった。
「みなさん、
おまたせしました。
このたび、キンキラ堂《どう》が
手《て》にいれた　ダイヤ、
〈ツタンカーメンの
よだれ〉を

ごらんください。」
大《おお》きな　しずく形《がた》で
どんよりと　ひかるので
〈ツタンカーメンの
よだれ〉と
いうのだそうだ。
きれいだ。
みんなは　うっとりして、
しばらく　みていた。
と、そのとき……。

パッ！
とつぜん
へやの　電気《でんき》が　きえた。
「わあ、みえない！

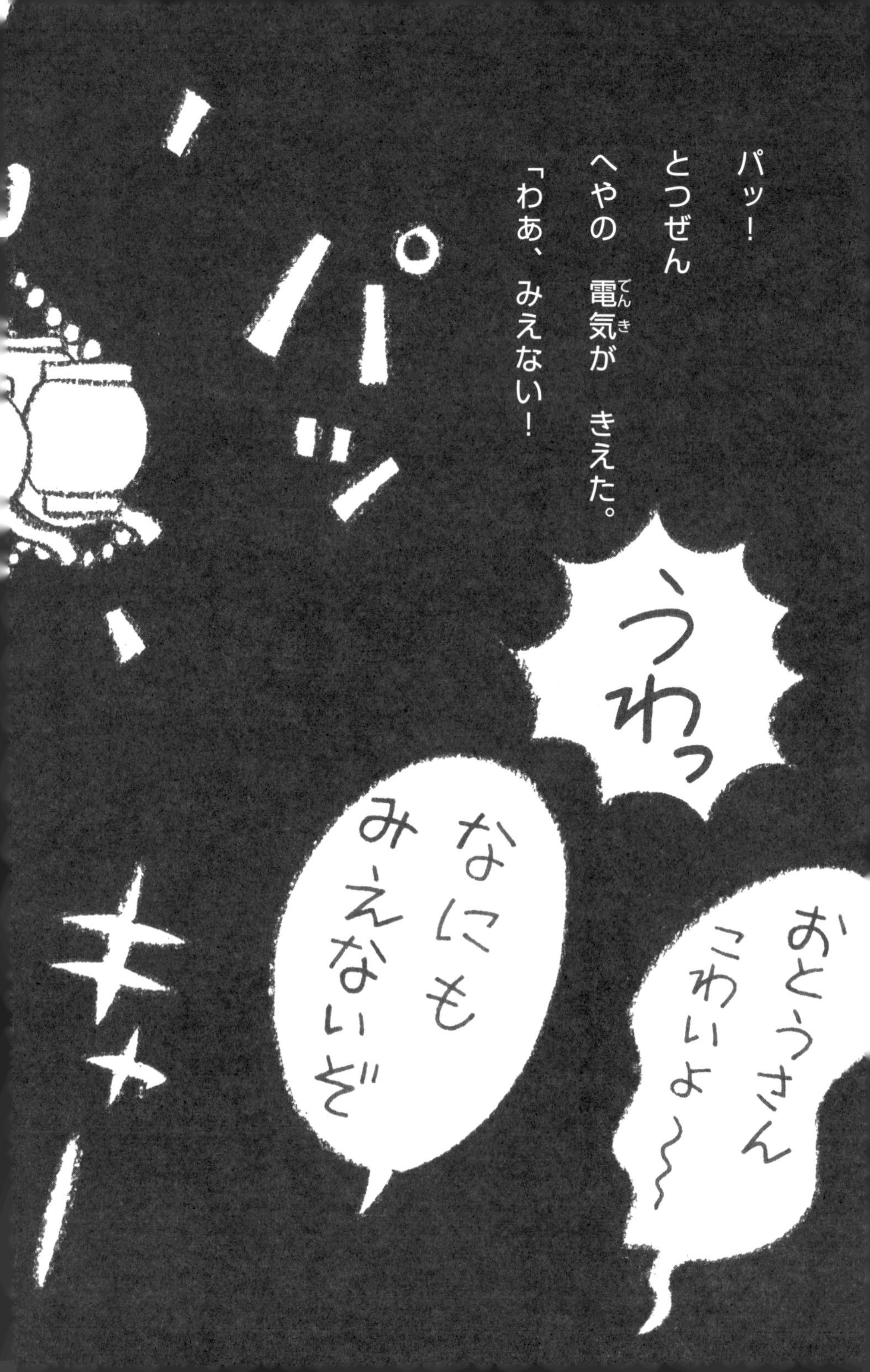

うわっ
おとうさん
こわいよ〜
なにも
みえないぞ
パッ

ブレーカーが　おちたらしい。
バタン！
げんかんのドアが
ひらく音《おと》が　した。

宝石は だいじょうぶか！
キャー
金《かね》賀《が》さん はやくここに かくれて！
わたしは警察《けいさつ》の 石《いし》頭《あたま》です。みなさん おちついてください！

ようやく　電気《でんき》が
ついた。金賀《かねが》さんが
ブレーカーを　あげたのだ。
テーブルの　上《うえ》には
〈ツタンカーメンのよだれ〉が
ちゃんと　あった！
だが、まだ　わからない。
おれは　すぐに
金賀《かねが》さんに　きいた。
「宝石《ほうせき》は、ほんものですか？」

金《かね》賀《が》さんは　宝石《ほうせき》を　じっと
みてから　うなずいた。
「よかった。とられてない。」
だが、金《かね》賀《が》さんは
すぐに　つけたした。
「いや、やっぱり
なにか　おかしい。
いま、げんかんから
だれか　でていきましたよね。」
「え？　だれが　いないんだ？」

そうか。
プロレスラーの
ミスター・ハリケーンが
いないぞ。
うーん、たしかに
なにか　へんだ。
おれと　石頭《いしあたま》けいぶは
すぐに、三階《さんがい》の
ミスター・ハリケーンのへやに
いってみる　ことにした。

だれかが
ブレーカーを
おとしていました
あとで
指《し》紋《もん》を
しらべよう

おれたちは
ミスター・ハリケーンの　へやの
呼《よ》び鈴《りん》を　ならした。
返事《へんじ》は　ない。
だが、かぎは
かかっていなかったので
ドアを　あけると、なかには
男《おとこ》がひとり、しばられていた。

あんただれ?

おれたちは、いそいで
さるぐつわを　はずして　たずねた。
「あなたは？」
「プロレスラーの
ミスター・ハリケーンです。」
石頭《いしあたま》けいぶが　たずねた。
「なんで　ここに　もどったんですか？」
「なんの　話《はなし》ですか？
わたしは夕方《ゆうがた》、ここで
きゅうに　あらわれた

フランス人《じん》らしいやつに
さいるいガスを　かがされて
ねむらされ、
ずっと　しばられていたんです。」
「ええ！」
さいるいガスを　つかう　フランス人《じん》
なんて　ひとりしか　いない……。
いままで　なん回《かい》も　それで　やられている。
この事件《じけん》は　怪盗《かいとう》ムッシュが
関係《かんけい》しているのか？

そのとき、
ともこの声《こえ》が　した。
「おとうさーん。」
おれが　三階《さんがい》のベランダから　顔《かお》をだすと、
二階《にかい》のベランダから　ともこが　いった。
「たいへんだよ！
ムッシュが　いたよ。
〈ツタンカーメンのよだれ〉を
もって　にげちゃったよ！」
「えっ？　ムッシュが？」

さあ、なにが　なんだか
わからないぞ。
ムッシュは
二《に》階《かい》のへやの
どこに　いたんだ？
おれたちが　へやを　でるとき
〈ツタンカーメンのよだれ〉は
金《かね》賀《が》さんが　もっていたのに、
それを　いったい
どうやって　とったんだ？

「ツタンカーメンのよだれ」事件《じけん》
〈解答《かいとう》へん〉

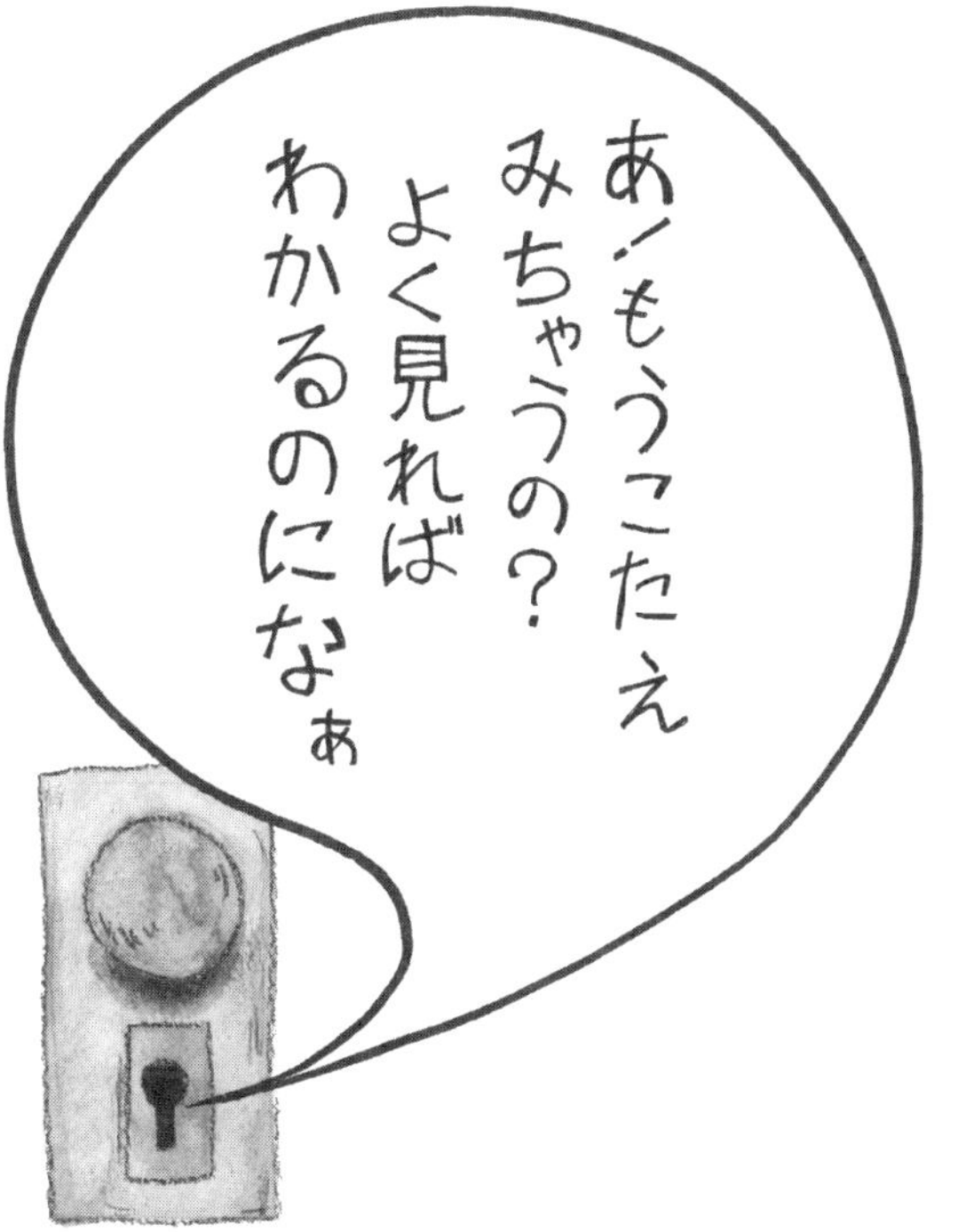
あ！もうこたえ
みちゃうの？
よく見れば
わかるのになぁ

おれたちは
二階《にかい》に　おりた。
すると、金賀《かねが》さんが
ぼうぜんとした　顔《かお》で
立《た》っていた。
ともこが　いった。
「おとうさん。
金賀《かねが》さんね、

いま、
テーブルの下《した》から
でてきたんだよ！」
「え？
どういう　ことだい？
金賀《かねが》さんは
電気《でんき》が　ついたとき、
いたじゃないか。」

金賀《かねが》さんが　いった。
「いいえ。
まっくらに　なったとき、だれかが
『金賀《かねが》さん　かくれて』と　いって、
わたしを　テーブルの下《した》に
おしこんだんです。
電気《でんき》が　ついて　すぐ
『よかった。とられてない。』
という　声《こえ》が　したので
安心《あんしん》しましたが、

わたしは　こわがりなので、
そのまま　かくれていました。」
ともこが　いった。
「テーブルの下《した》から　ほんものの
金賀《かねが》さんが　でてきたら、
最初《さいしょ》からいた　金賀《かねが》さんは
〈ツタンカーメンのよだれ〉を
もったまま、ムッシュのかっこうに
もどって、いそいで　にげてったの。」
そうだったのか！

おれと　石頭《いしあたま》けいぶは
道路《どうろ》に　とびだした。
夕《ゆう》ぐれの　駅《えき》まえ通《どお》りは
にぎやかで、
人《ひと》が　いっぱい
あるいていた。
でも、なんとしても
ムッシュを　みつけないと。

ラーメン
ショップ
にんにく

はしりながら、事件《じけん》を整理《せいり》した。
ムッシュは、
『〈ツタンカーメンのよだれ〉の　おひろめ会《かい》に
マンションの人《ひと》が　全員《ぜんいん》　招待《しょうたい》される』
という　情報《じょうほう》を　どこかで　しった。
そこで　夕方《ゆうがた》、ミスター・ハリケーンを
おそって　しばりあげた。
それから、金賀《かねが》さんに　変装《へんそう》し、
その上《うえ》から
ミスター・ハリケーンの

おねえちゃんは
わかってたの？
ううん
でも、電気《でんき》がついたら
金賀《かねが》さんのネクタイが
かわってたから
へんだなあとは
思《おも》ったよ

マスクを　かぶって　パーティに　きた。
〈ツタンカーメンのよだれ〉が
でてきた　ところで
電気《でんき》をけし、金賀《かねが》さんを
テーブルの下《した》に　おしやり、
ドアをあけ、マスクをとって
金賀《かねが》さんになりすまして
ブレーカーをあげ、おれたちを
三階《さんがい》にいかせるよう　しむけて　にげた。
これで　つじつまが　あうぞ。

そのときだ。
おれたちは　ムッシュをみつけた！
「あ、ムッシュ。まて！」
ムッシュは、
おれたちを　みて
顔色《かおいろ》をかえると
もっていた
〈ツタンカーメンのよだれ〉を
胸《むね》の　ポケットに　いれて
はしりだした。

町内掲示板
スリに注意!
つけててよかった
火災報知器!
ゴミは
ゴミ箱へ!
ゲーム・コミ

ムッシュは　はやい。
とても　つかまえられない。
おれは　ひっしで　さけんだ。

「だれか　そいつを
つかまえてくれ！」
そのときだ。
くるとちゅうで　あった
おじいさんが　ふらりと
ムッシュのまえに
でてきた。
「おじいさん、
あぶない！
ぶつかる！」

ドーン！
もののみごとに
おじいさんは　ころがされた。
ムッシュは
そのまま
はしっていった。
ひどい　やつだ。
おれは　おじいさんに
かけよって
だきおこした。

「だいじょうぶですか？
けがは
ありませんか？」
「ああ、だいじょうぶだ。」
よかった。
とにかく、
ムッシュを
おわなければ。

だが、けっきょく、
おれたちは　ムッシュを
みうしなってしまった。
今回《こんかい》は、
かんぜんに　やられた。
と、おもった　そのときだ。
あれ、
ポケットの　なかに
なにか　あるぞ……。

ごそごそ
どうしたので？

なんと　びっくり！
コートのポケットに
〈ツタンカーメンのよだれ〉が
はいっている！
ともこが　いった。
「おとうさん。
いまの　おじいさんが
オールドフィンガーじゃないの？
ムッシュから　〈ツタンカーメンのよだれ〉を
とりかえして　くれたんだよ。」

「え？　でも、どうして？」
「さっき、おとうさんが　おとしものを
おしえてあげた　お礼《れい》なのよ。」
「あ、そうか。」
でも　もう、おじいさんは
いなかった。
おれの話《はなし》を　きいた　石頭《いしあたま》けいぶは、
はぎしりして　くやしがった。
「えーい、オールドフィンガーも
つかまえそこなったか。」

でも、
オールドフィンガーのおかげで
〈ツタンカーメンのよだれ〉は
もどった。
キンキラ堂《どう》の金賀《かねが》さんは
大《おお》よろこびで、おれに
「お礼《れい》です。」
といって　お金《かね》を　くれた。
おれも　よろこんで　さいふに
しまおうとしたら……。

ギョッ、さいふが　ない！
くー、オールドフィンガーって
けっこう　いいやつだと
おもったのに、
おれのコートの　ポケットに
〈ツタンカーメンのよだれ〉を
いれたとき、
かわりに　さいふを
もっていったらしい。
やっぱり、とんでもないやつだった。

作者・杉山　亮（すぎやま　あきら）
1954年東京に生まれる。1976年より保育士として、各地の保育園などに勤務。手づくりおもちゃ屋（なぞなぞ工房）を主宰。著書に『たからものくらべ』『子どものことを子どもにきく』『朝の連続小説―毎日５分の読みがたり』『のどかで懐かしい〈少年倶楽部〉の笑い話』『空をとんだポチ』『トレジャーハンター山串団五郎』等。『もしかしたら名探偵』ほか「ミルキー杉山のあなたも名探偵」シリーズは読者参加型のミステリーで本作は19巻目にあたる。

画家・中川大輔（なかがわ　だいすけ）
1970年神奈川県に生まれる。日本児童出版美術家連盟会員。おもなさし絵の仕事に「たからしげるのフカシギ・スクールシリーズ」「へんしんライブラリーシリーズ」「齋藤孝のガツンと一発シリーズ」など。『もしかしたら名探偵』ほか「ミルキー杉山のあなたも名探偵」シリーズや『トレジャーハンター山串団五郎』でも杉山亮とコンビを組んでいる。

にちようびは名探偵《めいたんてい》

2017年9月1刷　2017年11月2刷

作　者　杉山　亮
画　家　中川　大輔
発行者　今村　正樹
発行所　株式会社　偕成社
東京都新宿区市谷砂土原町3-5　〒162-8450
TEL 03(3260)3221（販売）(3260)3229（編集）
http://www.kaiseisha.co.jp/

印　刷　大日本印刷株式会社／小宮山印刷株式会社
製　本　株式会社常川製本

NDC913 ISBN978-4-03-345430-6 146P 22cm

◇乱丁本・落丁本はおとりかえいたします。

本のご注文は電話・ファックスまたはEメールでお受けしています。
Tel:03-3260-3221 Fax:03-3260-3222　e-mail:sales@kaiseisha.co.jp

どろぼう新聞

20XX年X月20日発行
第46498S号
どろぼう新聞社
東京都新宿区市谷どろぼう町
269-269-XXXX

高級《こうきゅう》マンション・メゾン・ド・カネモチに注目《ちゅうもく》

駅前《えきまえ》の宝石店《ほうせきてん》、キンキラ堂社長《どうしゃちょう》の金賀有三《かねがあるぞう》氏《し》、宝石《ほうせき》だいすきおばさまの光物好代《ひかるものすきよ》さんなど、お金持ちばかりが住《す》むので有名《ゆうめい》な、マンション・メゾン・ド・カネモチ。しかもこんど、プロレスラーのミスター・ハリケーンも引《ひ》っ越《こ》してきたんだって。一度《いちど》のあきすで三度おいしい。

キンキラ堂の社長が、世界に一つしかないといわれているダイヤモンドを手にいれた。「ツタンカーメンのよだれ」という名のダイヤだ。ちょっとにごっていてよだれがたれているみたいな形が神秘的《しんぴてき》なんだそうだ。このダイヤを怪盗《かいとう》ムッシュがねらっているから、たのしみだぜ！

おれたち、どろぼうなかまで話題《わだい》になっているのが、オールドフィンガー。

どうやら、じいさんのすりらしいが、どろぼうなかまですら、だれも顔《かお》を見たことがないんだ。すられたときには影《かげ》も形《かたち》もないというスゴ腕《うで》だ。